LES

IMPÉRIALES

PAR

L.-Ed. FANTOULIER

CHEZ L'AUTEUR

N° 40, Rue Pigale, N° 40.

1853.

LES

IMPÉRIALES

PAR

L.-ED. FANTOULIER

CHEZ L'AUTEUR

N° 40, Rue Pigale, N° 40.

1853.

C.

La première Impériale ayant été adressée à l'Empereur,
la troisième à l'Impératrice ; je publie les deux lettres que
Sa Majesté m'a fait écrire. Dans la première, on verra
quelle flatteuse récompense j'ai eu l'honneur de recevoir.

Palais de l'Elysée, le 24 octobre 1852.

MONSIEUR,

Le Prince-Président a lu avec le plus vif intérêt les beaux vers
dont vous êtes l'auteur.

S. A. I. veut bien me charger de vous adresser ses sincères
félicitations et de vous prier d'accepter comme marque de sa satisfaction
l'épingle que j'ai l'honneur de vous envoyer avec cette lettre.

Je vous prie, Monsieur, de vouloir bien m'accuser réception de
cet envoi.

Recevez, Monsieur, etc.,

Signé : le Sous-Chef du Cabinet,

ALBERT DE DALMAS.

Cette épingle est une aigle aux ailes déployées, montée sur une boule
émaillée et étoilée, et dont l'admirable travail surpasse encore la richesse
de la matière.

Palais de l'Elysée, le 9 février 1853.

Monsieur ,

J'ai mis sous les yeux de l'Empereur les vers que vous avez bien voulu adresser à l'Impératrice à l'occasion de son mariage. Il ne pouvait qu'être touché d'un hommage qui, en s'adressant à un autre cœur, ne lui en est peut-être que plus personnel. Il me charge de vous en remercier, et ces remerciements sont une preuve que celle dont l'union vous a si heureusement inspiré, n'ignorera ni votre talent, ni votre dévouement. Je me félicite d'avoir à vous en donner l'assurance.

Recevez, Monsieur, etc.,

Signé : **G. LE FEVRE DEUMIER**.

NAPOLÉON III

Un jour, à l'horizon une lueur sanglante,
Comme un sombre géant, se leva menaçante
    Sous le souffle d'un vent de feu.
Les peuples étonnés la suivaient dans sa voie,
Se demandant tout bas quelle sublime proie
    Lui marquerait le doigt de Dieu ?

Elle allait !, elle allait, battant avec son aile
Les nuages noircis qui fuyaient autour d'elle
    Comme des spectres en émoi...
Le soleil s'éclipsait à l'ombre de son voile ;
Et trois fois on a vu disparaître une étoile
    Au fond des Cieux pâles d'effroi.

Au fracas de sa course on eût dit l'avalanche
Déracinant les rocs ; de sa crinière blanche
    Jaillissaient des éclairs sanglans.
Les Mondes frissonnant et frappés de vertige
Attendaient à genoux le terrible prodige
    Qui devait sortir de ses flancs.

Longtemps elle plana sur les cités géantes,
Ouvrant, comme un enfer, ses deux gueules béantes
    Jetant la flamme et le poison...
Enfin elle arrêta cette course fatale
Sur Paris l'orgueilleux. La vieille Capitale
    Se sentit prise d'un frisson.

Le peuple des faubourgs descendit dans la rue,
L'œil menaçant, le bras armé, l'épaule nue,
    Fier de ses haillons réprouvés ;
Et sous sa main habile, intelligente pierre,
La barricade alors dressa sa tête altière
    Faite de bois et de pavés.

Créancier fatigué de dix-huit ans de honte,
Il appelait lui-même en réglement de compte
      La Royauté lâche et sans foi.
Après deux jours d'attente il brisa sa couronne,
Puis, le troisième jour, il lui brûla son trône,
      Et, dédaigneux, chassa le roi.

Quand le royal veau d'or, souffleté sur la joue,
De son haut piédestal fut traîné dans la boue,
      La France, en sa convulsion,
Entendit une voix, dite la voix publique,
Crier : « Les Rois sont morts ! Vive la République !
      « Vive la Révolution ! »

Et ce fut vraiment beau de voir en chaque rue
Les travailleurs chercher quelle route inconnue
      Les ramènerait vers le port !
Alors on vit surgir les faiseurs de système,
Prometteurs impuissants ; pour le bonheur suprême
      Ils semaient des germes de mort.

O France ! on vit alors, plus que par vingt batailles,
Par la main de tes fils déchirer tes entrailles
      Sous prétexte de liberté !
On vit alors sortir du fond de leur tannière
Tous ces hommes haineux qui prenaient pour bannière
      Le grand mot de Fraternité.

Impudiques menteurs ! profanateurs austères !
Oui, du peuple ils étaient les véritables frères,
    Comme Caïn l'était d'Abel !
Oui, vous cachiez la mort sous vos dogmes infâmes :
Caïn tua le corps ; vous, vous tuez les âmes
    Sous la bave de votre fiel !

Et la France souffrait, de tant de honte lasse.
La gloire, la vertu, l'honneur, voilant leur face,
    Dans l'ombre tristement pleuraient...
Eux debout, le front haut, ils poursuivaient leur route
Sans paraître inquiets, sans s'arrêter au doute
    Du but où leurs pas conduiraient.

Mais toujours près du mal, Dieu plaça le remède :
Il protège la France ; il lui gardait une aide,
    Un exilé, notre sauveur !
L'exil ! Ah ! voilà donc quel inique héritage
Vingt ans de gloire avaient pu donner en partage
    Au neveu du grand Empereur !

Et lui seul cependant pouvait sauver la France !
Il vint à son appel ; et bientôt l'espérance
    Ranima tous les nobles cœurs.
Des lois, de la justice il rétablit le règne ;
Des tribuns factieux il arracha l'enseigne ;
    Du temple il chassa les vendeurs.

Modeste autant que grand, il choisit pour refuge
L'Appel au peuple ; il prit la France pour son juge ;
    Il demanda sa sanction.
Et huit millions de voix aussitôt acclamèrent...
Et les voix et les cœurs unis le proclamèrent
    Le Sauveur de la Nation.

Oh ! oui, Sire, vous seul avez sauvé la France !
Vous avez mis un terme à sa longue souffrance,
    Rendu l'honneur et le repos.
Non ! non, des conquérants n'enviez pas la gloire :
Votre place est marquée aux pages de l'histoire,
    Entre les dieux et les héros.

La France vous devait un éclatant hommage.
De sa reconnaissance elle vous offre un gage
    Qui l'attache à vous pour jamais.
Napoléon I fut l'Empereur de la Guerre ;
Vous, NAPOLÉON III, pacifiez la terre,
    Soyez l'Empereur de la Paix !

15 Octobre 1852.

ABD-EL-KADER

Qui me rendra, Seigneur, ma douce liberté ?
Oh ! les traîtres maudits ! violant leur traité,
Parjurant leur parole et leur sainte promesse,
Ils m'ont jeté captif dans cette forteresse....
    Qui me rendra ma liberté ?

Qui me rendra, Seigneur, mon désert, ma clairière ?
Et de mon soleil d'or l'éclatante lumière ?
De mes hardis bédouins le sabre redouté ?
    Qui me rendra ma liberté ?

Ah ! j'eusse dû mourir plutôt que de me rendre :
La mort est préférable à la captivité.
Quel ange dans ma nuit pourra jamais descendre ?
    Qui me rendra ma liberté ?

L'ange qui descendra, c'est l'ange de la France !
Abd-el-Kader, debout ! renais à l'espérance,
Laisse briller la joie en ton œil attristé.
Descendant du Prophète, ah ! ta chaîne se brise !
C'est celui qui jamais ne te l'avait promise,
    Qui t'a rendu ta liberté !

Ainsi que tu l'as dit, cette action divine
N'était pas au-dessus de sa noble origine,
    Pas au-dessus de son grand cœur.
Plus haut que tous les rois sa bonté généreuse
A marqué dans le ciel sa place lumineuse
    A droite du Seigneur.

Tu le préféreras à ceux que tu préfères...
Pour faire ses destins glorieux et prospères,
Le dieu des Musulmans et celui des Chrétiens
Seront toujours pour lui prodigues de leurs biens.

Un bras sur la justice, et l'autre sur l'armée,
Son Empire sera toujours fort et puissant.
Et si la France un jour s'éveillait, alarmée
De quelque cri de guerre ou d'un bruit menaçant,

Bientôt le Dieu de la victoire
Le couronnerait de sa gloire...
Et son règne serait encore plus florissant.

Tu l'aimes comme nous : ton amour pour égide,
Tu tiendras ton serment qu'il ne demandait pas.
Puisqu'il t'a serré dans ses bras,
Voudrais-tu sur sa joue avoir, comme Judas,
Déposé ton baiser perfide.

Ce bien si précieux, et qui te vient si tard,
Tu ne le dois qu'à sa clémence.
Il t'a fait maintenant l'ami de notre France,
Et tu serais parjure en levant l'étendard.

Sur sa tête bientôt la France, heureuse et fière,
Va mettre un diadème offert par son amour;
Vers ton Prophète alors, quand viendra ce beau jour,
Fais monter pour lui ta prière.

Comblé de ses bienfaits, comme nous tu lui dois
Repos et liberté, peut-être davantage...
Offre donc, comme nous, tes vœux et ton hommage
A NAPOLÉON TROIS !

1er Novembre 1852.

L'AVENUE DE NEUILLY

A S. M. l'Impératrice Eugénie (*).

Un jour, sur ce chemin, route de l'opulence,
Où la fortune semble avoir droit de cité,

(*) Le sujet de ces vers est tiré d'une touchante action, que tout le monde connaît sans doute.

Par une froide journée du commencement de l'hiver, une pauvre femme, à peine vêtue, tenait par la main deux petits enfants en haillons. La foule passait indifférente; un brillant équipage paraît tout à coup, s'arrête, et Mademoiselle de Montijo s'élance vers le groupe. Puis elle vole à sa voiture, en revient avec une riche couverture, dont elle enveloppe ces malheureux, leur glisse sa bourse, et disparaît.

Où le riche équipage en tournoyant s'élance,
Et disparaît au bois dans l'ombre ou le silence,
    Soit en hiver, soit en été...

Non loin de ce Géant, souvenir de bataille,
Qui, sur ses quatre pieds, porte l'Arc triomphal ;
Qui, sur ses quatre flancs, belliqueuse muraille,
Etale ses soldats, ses canons, sa mitraille,
    Semblant attendre le signal...

Une femme pleurait ! Dans la vaste avenue,
Calèches, cavaliers passaient comme l'éclair.
Et la femme pleurait, de douleur éperdue,
Et le frisson plissait sa gorge presque nue
    Sous les froids baisers de l'hiver.

Ses larmes jaillissaient sur sa joue amaigrie,
Muettes, sans efforts, sans soupirs, sans sanglots.
La souffrance semblait avoir pris cette vie.
On eût dit, à la voir, la Douleur endormie,
    Ou le Désespoir au repos.

Son front sombre et ridé s'inclinait vers la terre.
Deux enfants en haillons pendaient à chaque main,
Et, sans comprendre hélas ! cette douleur austère,
Ils pleuraient...Et leurs voix lui criaient : « Mère ! mère,
    « Nous avons froid, nous avons faim ! »

Et moi, pauvre, inconnu, que la misère effleure,
Le regard vers le Ciel, je murmurais tous bas :
« N'as-tu donc plus, Seigneur, dans ta sainte demeure,
« L'ange qui consolait celui qui souffre et pleure ?
    « Seigneur, ne l'enverras-tu pas ? »

Et la foule passait, oublieuse et bruyante.
Parfois on voyait bien se détourner souvent
Plus d'une jeune femme émue et palpitante...
Mais les chevaux pressaient leur course haletante,
    Et l'emportaient comme le vent.

Et c'était un tableau navrant, à fendre l'âme,
Que ces petits enfants, appelant le secours,
Dont les voix sanglottaient quand ils disaient : « Madame ! »
Que leur mère pleurant sur eux, la pauvre femme !...
    Et la foule passait toujours.

Tout-à-coup, à travers la poudre de la route,
Un brillant équipage a passé comme un trait.
Un cri part : « Arrêtez ! » On regarde, on écoute...
Je sens en ce moment s'évanouir mon doute ;
    Dieu l'a permis : l'ange paraît.

Noble, jeune, charmante, et toute gracieuse,
Une dame s'élance ; et, des pleurs dans les yeux,

Devant le triste groupe un instant soucieuse,
S'élance de nouveau...puis revient radieuse,
    Avec un sourire des cieux.

Une riche, une grande et chaude couverture
Sur le bras, et sa bourse, où l'or brille, à la main,
Elle dit, les couvrant : « Voici pour la froidure,
« Pauvres petits ! voici pour votre nourriture !
    « N'ayez plus froid, n'ayez plus faim ! »

Puis légère, au milieu de la foule accourue,
Où l'on se répétait : « Duchesse de Teba ! »
Où tous les cœurs battaient, où l'âme était émue,
Elle passa rapide...et la vaste avenue
    Dans un pli nous la déroba.

Peuple ! la noble Dame, aux malheureux propice,
Qui sait sur son passage ainsi sécher les pleurs ;
Celui qui rétablit les lois et la justice,
Celui qui te sauva, la fait Impératrice...
    Elle règnera sur nos cœurs.

30 Janvier 1853.

LE SACRE

I

Allons, France, ton Aigle crie,
Son regard fixe le soleil,
Son aile fière se déplie
Dans l'azur brillant de ton ciel.
Entends-tu ces canons qui tonnent?
Entends-tu ces cloches qui sonnent?
Entends-tu ces cris qui résonnent,
Voix enthousiastes du cœur?
Vois-tu la foule qui s'empresse?
Sur ces fronts vois-tu l'allégresse?

Dans ces âmes sens-tu l'ivresse ?
C'est le sacre de l'Empereur.

C'est que l'horloge séculaire
Ne va pas réveiller souvent
L'aigle impérial dans son aire,
Où le berce le bruit du vent...
C'est que le Pontife de Rome,
Le vicaire de Dieu fait homme,
Rarement loin de son royaume
Dirige ses pas chancelants...
C'est que jamais, quoique l'on fasse,
Le Prêtre-Roi ne se déplace...
C'est que le souffle de Dieu passe
A peine trois fois en mille ans !

C'est qu'à ce souffle tout travaille
Pour quelque grand enfantement,
Que le monde écoute, et tressaille
Quand s'accomplit l'événement !
Et de la ville à la campagne,
Et de la plaine à la montagne,
L'écho répète Charlemagne,
Et se rendort sur ce grand nom,
Jusqu'à ce qu'en sa nuit profonde,
Ebranlant de nouveau le monde,
Après mille ans, la foudre gronde,
Et lui jette Napoléon !

II

Tous ces noms de Césars qui traversent les âges,
Eclairs jaillis d'en haut, déchirant nos orages,
Nous arrivent chargés des vengeances du ciel.
Pour l'accomplissement de leurs œuvres de guerre,
On dirait qu'en leur main Dieu mit, dans sa colère,
    Le glaive de l'ange Michel !

Aux quatre coins du monde, ils font, à coups d'épées,
Resplendir au soleil ces vastes épopées
Qui jettent leur reflet sur chaque nation...
Ils marchent ! et quand vient pour eux l'heure dernière,
Ils tombent sans mourir au bout de leur carrière,
    Géants de la destruction !

Aujourd'hui, ce n'est pas au bruit d'une bataille
Que la France bondit, que le monde tressaille.
Le sang ne tache pas les lauriers des vainqueurs ;
Le triomphe n'a pas de cyprès funéraires ;
La joie et le bonheur n'ont pas de noirs mystères ;
    Les fronts ne mentent pas aux cœurs.

Le Très-Haut a tari le fleuve des vengeances ;
Il ouvre ses trésors de divines clémences.
A tous les ayant soif, à tous les ayant faim,
La Paix et la Justice, à leur table splendide,
Pour leur faim dévorante et pour leur soif avide,
    Préparent un banquet sans fin.

Que béni soit celui que le ciel nous envoie !
Il est l'oint du Seigneur ; il marche dans sa voie,
Juste, sage, clément, répandant les bienfaits.
Oui, Napoléon III sera grand sur la terre :
Car ce qu'on a défait, il saura le refaire,
    Car sa mission, c'est la Paix !

Pourtant, sachez-le bien, rois de la vieille Europe,
— Poète, dans ces vers je fais votre horoscope :
N'allez pas l'oublier. — Son bras est un bras fort.
Si vous veniez jamais chercher quelque querelle,
Son aigle chasserait vos troupes d'un coup d'aile,
    Comme le vent un rameau mort.

III

Si vous conservez quelque doute
De ce qu'en ces vers je vous dis,
Mettez-vous donc un jour en route,
Et venez visiter Paris.
Allons ! ne voilez pas vos faces,
Dans nos palais et sur nos places
Regardez : vous verrez les traces
Des ineffaçables crayons.
Vous y reconnaîtrez sans peine
Vos marbres à la blanche veine,
De vos drapeaux l'or et la laine,
Et le bronze de vos canons.

Tenez, au bout de l'avenue,
Voyez surgir l'Arc triomphal
Dont le front se perd dans la nue,
Comme un fantôme colossal.
Lisez. Voilà la page ouverte !
Chaque nom vous marque une perte,
Et votre patrie est déserte
Des villes que vous traversez.
De sa base à sa tête fière,
Kremlin et Pyramide altière,
Chaque pays fournit sa pierre.
Allons ! saluez et passez !

Venez à la place Vendôme :
De l'œil mesurez la hauteur
De ce piédestal du grand homme
Qui vous faisait trembler de peur.
Regardez-la bien, la Colonne !
A chaque marche elle rayonne
De quelque vieux débris de trône
Perdu par vous dans les combats.
Regardez de loin : prenez garde
De réveiller sa vieille garde !
D'en haut le Maître vous regarde !
Pliez le genou ! chapeau bas !

IV

Le Dieu tomba pourtant... Et sa chûte terrible
Vous fit trembler encor. Mais bientôt — chose horrible !
Vautours ! il vous fallut les geôliers, la prison,
Peut-être !... Ah ! s'il tomba, cachez votre victoire.
Les lâches osent seuls revendiquer la gloire
  Que rapporte la trahison.

Mais Napoléon III est debout sur son trône.
Les traîtres ne sont pas autour de sa personne ;
De près, de loin, les cœurs sont pleins de dévoûment.
La France le bénit ; l'Univers le contemple.
Le peuple est à genoux sur le pavé du temple...
  Dieu le bénit en ce moment !

Regardez-le passer. Suivez ! Dans chaque rue,
Entendez les vivat de la foule accourue.
L'amour éclate-t-il dans ces cris, dans ces vœux ?
Voyez ! à ses côtés parait l'Impératrice !
Comme elle est noble et belle ! Aux malheureux propice,
  Son cœur est plus beau que ses yeux.

Elle n'appartient pas à vos races étiques.
Le peuple qui défait les rois, les républiques,
A vos troncs sans vigueur a cessé de s'unir.
Il lui faut du sang jeune, et non de vieille reine ;
Il lui faut du sang riche à gonfler chaque veine
  De ses héritiers à venir.

Napoléon l'a prise où son cœur, sa pensée
L'ont conduit ; il l'a prise où Dieu l'avait placée,
Songeant peu que son front fût ou non couronné.
Sa beauté, sa bonté, sa douceur, tout en elle
Aux souvenirs du peuple avec bonheur rappelle
     Joséphine de Beauharnais.

Autour d'eux fiers, debout, et les mines hautaines,
Généraux, maréchaux, tous vaillants capitaines !
Soldats à l'air sérieux, au maintien martial !
Nul n'a dégénéré des vertus de son père :
Doux, calmes dans la paix, terribles dans la guerre,
     Toujours prêts au premier signal !

V

Maintenant, repartez sans crainte ;
Mais que la leçon d'aujourd'hui
Dans vos souvenirs reste empreinte,
Après la fleur portant son fruit.
Nous vous le disons sans mystère,
Non ! nous ne voulons pas la guerre ;
Bien loin de ravager la terre,
Nous voulons y semer la paix.
Notre cœur est vide de haine ;
Et pour la révolte prochaine,
Nous savons que la chair humaine
Fut toujours un mauvais engrais.

Napoléon mettra la France
A la tête de l'Univers ;
Les dons de sa magnificence
Iront jusqu'au delà des mers.
Déjà ses ministres habiles
Cherchent les besoins de nos villes
Et de nos campagnes tranquilles.
Savants, artistes, ouvriers,
Commencez vos travaux immenses :
Aux arts, aux lettres, aux sciences,
Il tient prêtes les récompenses ;
Il est le bras, vous les leviers !

Poètes, prenez votre lyre !
Muse, apporte tes plus beaux chants ;
A d'autres garde le délire,
Donne-nous tes plus doux accents !
Et nous redirons à l'Histoire
Comment ce fils de la Victoire
A son front attacha la Gloire
Pure de pleurs et de regrets.
Et si dans nos vers les batailles
Ne renversent pas des murailles,
Ne sonnent pas des funérailles...
Nous célébrerons des bienfaits !

Imp. Ve Carré et Cie, imp. grosse-tête. Lith., passage du Caire, 78 et 79.

Imprimerie Vᵉ Carré et Cⁱᵉ, impasse de la Grosse-Tête, 5

Lithographie passage du Caire, 78 et 79.